동백에 투숙하다

시작시인선 0238 동백에 투숙하다

1판 1쇄 펴낸날 2017년 8월 10일
지은이 이관묵
펴낸이 이재무
책임편집 박은정
디자인 이영은
펴낸곳 (주)천년의시작
등록번호 제301-2012-033호
등록일자 2006년 1월 10일
주소 (04618) 서울시 중구 동호로27길 30, 413호(묵정동, 대학문화원)
전화 02-723-8668
팩스 02-723-8630
홈페이지 www.poempoem.com
이메일 poemsijak@hanmail.net

ISBN 978-89-6021-330-2 04810
      978-89-6021-069-1 04810(세트)

값 9,000원

동백에 투숙하다

이관묵

천년의 시작

시인의 말

잎 진 미루나무
네가 바라보는 곳을 나도 보기 위해
네 높이를 한 뿌리 얻어다 기르리

—시 「늙은 높이」에서

2017년 8월
이관묵

차 례

시인의 말

제1부

제2부

제1부 늙은 높이

늙은 높이

구름으로 낙향하리
구름에다가 구름 한 채 지으리
잎 진 미루나무
네가 바라보는 곳을 나도 보기 위해
네 그늘 밑에 내 그림자를 쌓아두리
추위가 한철 살다 가는 높이를 나도 가져야 하리
네가 바라보는 곳을 나도 보기 위해
네 높이를 한 뿌리 얻어다 기르리

푸른 무릎

오를 때 보았다

산벚꽃 아래
꽃잎이 바위를 사정없이 두들겨 패고 있는 것을

내려올 때 보았다
두 쪽으로 쩍 갈라진 바윗덩어리

그 위에 낭자한 핏자국들!

저 마음 곁에
내가 데리고 간 길들을 무릎 꿇리고
내 삶을 무릎 꿇리고
(…)

무릎과
무릎에 뜬 새벽달과
무릎으로 걸어가 도달하는 하늘을 반죽해서
마음 한 채 짓고 싶다

다른 곳은 말고 저 마음 곁에

하늘 詩

오늘은 혼자 시골집에 들러
벽을 헐고 하늘을 곱게 갈아 끼웠다
하늘이 울창하다
비바람이 몰아쳐도 덜컹거리지 않도록 굵은 철사로 동
여맸다

나는 가끔 새를 입고
하늘이라고 믿었던 곳까지 걸어가
생각에 잔뜩 하늘을 묻히고 왔다

산수유

돌 위에 돌을 얹어놓은
네 마음을
뿌리째 흙 속에 파묻으면 저 꽃이 필까

돌을 얹어놓고
한참을 돌에 젖어 있는
네 마음을
아무렇게나 꺾어 꽂아도 저 꽃이 필까

구불구불 산길처럼 사라져간 너의
굳게 닫힌 뒷모습
내 마음 앞에 옮겨 심어도 저 꽃이 필까

마음에 마음을 얹은
마른 무릎 같은 꽃
앉은뱅이 기도 같은 꽃

정말로 필까

고사관운도孤士觀雲圖

마음을 인출해서
마음을 대출받아
혼자 강둑에 앉아 구름 바라보는 데 썼다
나 기다리다 지친 산 벚꽃에게도 조금 송금했다

쓰고 좀 남으면
나이야,
네가 언 발로 걸어 오른 심산유곡
고산 침엽수림 같은 두문불출
몇 평 사주고 싶다
거기서 평생 묵묵부답 모시고 혼자 살거라

동백에 투숙하다

이 집을 빈방이 혼자 사시도록 고쳤다 어느 날 마음이 수평선을 데리고 몰려오거나 눈사람이 추위를 사 들고 아무 길이나 들어서더라도 마중 나가 집 앞까지 모셔오도록 오는 길을 여럿 풀어놓았다 대문 옆 파도 소리 심어놓고 요즘 부쩍 건강이 좋지 않은 빈방 간병도 부탁해놓았다 빈방 혼자 밥 잡수시는 창살 무늬를, 뒤늦게 집 나간 바깥 들어와 며칠 묵었다 가는 바람의 주소를 붉게 익은 동백들이 환하게 비추었다 문밖에 환하게 켜놓은 동백 전구

집 꼴이 좀 돼가는지 지난여름 불볕에 타 죽지 않은 모과나무 그늘도 묵고 있었다 매일매일 밤도 와서 묵고 간다고 한다 여기서 나고 자란 저녁연기 술에 취해 게걸거리다 그냥 돌아가게 허공에 디딤돌이라도 놓아야겠다 나를 무단 방류했던 길바닥도 분실되지 않도록 뜯어다 걸어두어야겠다

내년 봄엔 생각 다 쳐버린 나를 한 그루 앞뜰에 심었으면 좋겠다

꽃 아래 누워 뼈를 뜨겁게 지지고 싶다

빈천貧天 1

겨우내 냉골이었던 흰 종이

시 몇 줄 받아 적는다

불기 쐬지 못한 시

생솔가지 지피다 꺼진 아궁이 같은

추운 시

눈 덮인 산골 폐교 운동장을 삐뚤삐뚤 가로질러 간

추운 뒷걸음처럼

그냥 볕 쬐러 나온

그냥 볕 쬐다 가는

추운 발자국

빈천貧天 2

길거리의 구부정한 허리
삶에 낙과한 겨울비 헐값에 떨이한다

(누군가 저 허리를 흥정하다 간다)

오고 싶지 않다고 발버둥 쳤을
능금의 붉은빛
집었다 놓고 또 집었다 놓는다

사과나무에 죽치고 사는 빈천貧天

내가 들고 다닌 오늘

시 잡지사 들러 표지에 넣을 인물 사진 찍었더니
기념으로 확대 인화해 조심조심 말아 비닐봉지에 넣어
준다
나는 잘 포장된 '나'를 받아든다

들고 다니다 분실하지 말라고
잘못 다루면 구겨지거나 흠집 난다고
밖에 내돌리지 말고 집 안에 고이 모셔두라고

내가 나를?

전철로, 고속열차로, 버스로, 택시로
과묵함 정중히 모시고 왔다
묵직함 부축해왔다

불편한 데는 없으셨는지
고적한 마음 상하지는 않으셨는지

집에 와 펼쳐보니 껄껄껄 웃고 있다
내가 나와 대담하고 있다

무겁게 들고 다닌 오늘, 뒤통수만 내내 들춰보다가 등 떠민다

　게걸거리지 말고 조용히 잠이나 자라고

　소란한 오늘의 멱살

　끌고 가 재운다

어떤 자서전自敍傳

오늘 이 사람을 다 읽어야 한다
금박으로 장식된 제목과 검은 표지의 묵직한 삶
쪽수가 꽤 두툼하다
낡은 횟집에 마주 앉은 어색한 침묵
삶과 이혼한 문장들
생선 포장지에 싸여 파닥거리는 활어의 언어들
나의 침묵은 단풍으로 물들었고 책만 혼자 떠들었다
넘겨보고 또 넘겨봐도 밑줄 그을 하늘은 없다
메모할 삶도 없다
어릴 적 방목하던 초원은 그의 사물함
열어보니 물소리와 추위, 서성임과 망설임이 꽉 차 있
었다
새들이 반짝이다 사라지고 이슬도 지저귀다 날아가 버
렸다
내가 할 일은 초원을 초원에게 되돌려주는 일
그를 읽다가 초원만 오려가지고 나왔다
이 사람 어느 출판사에서 발행했는지 삶을 통째로 표절
했구나
그는 그의 검은 관 짝
그를 염하고 가을이 손을 툭툭 털고 일어섰다

24

눈사람 부도浮屠

　평생 장좌불와長坐不臥 하던 눈사람 입적하시자 불길 활활
치솟는 장작더미에 냅다 집어 던졌다

　흰빛 몇 과顆 간신히 수습해 봉안한 쇠락한 시의 부도浮屠

무자서無字書

밤늦도록
흰 종이 들여다보고 있으니
옛 선비가 유배지에서 아내에게 보냈다는 편지
겉봉 열어보니 흰 종이뿐이었더라는
흰 두루마리에 빼곡히 써 내려간 흰 글씨뿐이었더라는
허공 한 폭을 좍 찢어 밀봉해 부친

그 편지 생각난다

흰빛의 언어
침묵을 곱게 빨아 염한 유골함

겨울 문병

계룡산 몇 뿌리 캐서 보내드리니 달여 드세요
고집, 이제 쉬게 하세요
마음도 내구연한이 지나 고장이 잦을 겁니다

벽에 걸려 있는 추위 몇 벌
늘 켜놓은 음악 몇 자루
몇 권의 묵묵부답
눈길 몇 켤레
홑이불 같은 일요일
검은 묵언…….

평생 소장했던 애물단지들 당분간 제게 맡기시고요
이제 밤 푹 재우세요
그놈 시 쓰느라고 혹사한 탓인지 밤이 몹시 허약해 보입
니다

껴입었으나 몸에 맞지 않아 불편했던 날씨들
시 얘기 끼어들지 못해 안달했던 술잔들

고생했으니 위로해주세요

사람이 분다

새벽 두 시를 수리하고
새벽 두 시의 불면을 개축하고
잠의 성단에 사람 몇 자루 켜두었다
촛불처럼

오늘 밤은 등이 휜 내 기도가 환해질까

천 년 전 왕유는
내게 중국산 무심과
원산지가 표시되지 않은 가을비를 보내주었다

천 년 묵은 개축 자재!

폐가 직전의 새벽 두 시
수리하는 데 한번 써보라고

내가 매일 맞이한 삶(生)은 무심
사람을 만지작거리면 왜 그게 시가 될까

사람이 불자

사람이 꺼진다

사람에게 구원받고 싶다

일요일

혼자 있는 시간을
아주 느릿느릿 뭉게구름이 다녀가네
잠자리도 앉았다 가네

혼자 있는 시간의
깊은 그늘

방금 배달된 일요일 뒤적거리다
구석의 시 한 편 마주하네
이 옹색한 곳으로 일요일이 드나들다니

일요일 데리고 어디 먼 데라도 가고 싶었으나
모처럼 일요일에게 하늘 한 벌 사 입히고 싶었으나
문득 혼자 있고 싶다고
말 걸지 말고 그냥 지나가라고
마음만 울창하네

나는
과자처럼 푸석푸석한 오전을
식이섬유가 많은 음악을

무릎의 통증을
통증 아래 내려앉은 오후를
쫙쫙 찢어 펼쳐놓고
시를 쬐네
시를 쬐네

시가 일요일 드나드는 현관이었네
시 입구에 일요일이 신고 다닌 맨발 한 켤레 놓였네
내 구부정한 헛걸음 한 켤레도 놓였네

곁

신혼아, 마음이 너의 거처니라
모처럼 고생해 장만한 마음
전용면적 좁더라도 살면서 늘려가거라
낡고 옹색해서 무소 가죽의 고집 들여놓기는 불편할 거다
원목 무늬 추위나 들여놓거라
마음도 오래 쓰면 덜컹거리고 고장이 잦단다
손질해가며 살아라

어느 날
문밖에 언 발이 찾아와 문 두드리면 마음이 깊어질 거다
한 칸 내주어라
평생 혼자 걸어서는 닿지 못하는 걸음일 수 있다
너의 곁을 무료로 내주어라
곁은 곁에 두어야 번식하는 거다
혼자 눕지 말거라

제2부 시들의 자택

저녁 낙화

내 곁 빈자리
고속버스로 서울에서 대전까지 모시고 온 빈자리
혼자 보내기 죄스러워 잡아끌었으나
집에까지 모시겠다고 부축했으나
그냥 여기 내버려 두라고
혼자 있겠다고
막무가내로 팔 휘젓는 빈자리

시 고용雇傭하다

지하철 1호선 서울역 승강장
스크린도어의 시들이 제복 차림으로 침침하게 서 있다 청마도 목월도 침침하게 서 있다 맨 뒤 용래 선생도 쪼그리고 앉아 훌쩍이고 있다 시들의 유일한 노동은 두 팔로 시를 열었다 닫는 일. 시의 방에 들어가 몸 덥혀 나오는 한순간을, 시에 갇혀 덜컹덜컹 흔들리며 이쪽 삶에서 저쪽 삶으로 건너가는 한 송이의 시간을,

시들이 지키고 있다
출입문 시들지 않게 보살피고 있다

시가
시가
시가
시끌벅적한 삶의 문지기라니!
방금 도착한 발에게 추운 목례를 건넨다
방금 벽을 후려치는 주먹에게 언 문을 열어준다

비정규직으로 고용된 시들
이따금 파업에도 동참하는 시들

연금도 없이 노후에 고생하는 시들

저 시들의 자택自宅은 어디일까

눈, 장례 치르다

1.
며칠째 폭설이 내렸습니다

2.
겨울은,
집 나온 눈이 며칠씩 묵었다 가는 독방
구석엔 눈이 눈을 안주 삼아 밤새워 마신 독주毒酒 같은
고적함 몇 병 쓰러져 있고
삶이 하얗게 바닥났습니다

흰빛에 얼어 죽은 눈!

3.
우리는 눈을 흰빛으로 염殮했습니다
눈으로 지상에 와서 눈으로 살다 고독사孤獨死 한 눈 모시
고 벽제에 다녀왔습니다 장의차 뒤따르며 서로 비추었습니
다 우리는 검게, 눈은 희게. 우체통 같은 화로火爐에 흰빛
으로 염한 눈 밀어 넣었습니다 소포 덩어리 투척하듯. 수신
지 없이 발송되는 흰빛의 우편물, '……허공이 받아 보시겠
지요' 검은 입이 말하자 우리의 등이 캄캄하게 굽었습니다

4.

납골당에 모셨습니다

재가 된 눈
산골散骨의 눈

낮잠

사내가 다가와
"한 푼 도와줍쇼" 한다
들고 간 캠핑용 매트리스만 한 일요일 꺼내 펼쳐주었더니
금방 누워 코를 곤다
접었다 편 두 평짜리 일요일
참 푹신하다

오, 푸른 잠

삶 한 개비 피우다 떨어뜨린
재(灰)

동백 민박집

멀리 거문도까지 떠내려온 뱃길 모시고 민박했다 동백 민박집! 동백이 장기 투숙하는 집이라고 했다 며칠씩 두문 불출하고 파도 소리만 지우다 간다고 했다 방 비우고 지금 은 향방을 알 수 없다고 했다 모시고 온 뱃길 재워놓고 동백 이나 찾아보겠다고 나섰다가 동백은 만나지 못하고 동백이 신고 다니다 내동댕이친 길바닥 신어보다가 털어보다가 그 냥 거기 가지런히 벗어놓고 왔다 집 나간 동백 혼자 타달타 달 걸어올 맨발이 불편하지 않도록, 발 부르트지 않도록.

늦은 밤, 말려놓은 밤바다 안주 삼아 혼자 소주잔 기울이 는데 숙소를 정하지 못한 강풍이 몰려와 통유리 두드린다 빈방 있냐고, 하룻밤 묵어가겠다고. 여기는 빈방이 투숙하 고 있어 아무도 받을 수 없다고, 이미 빈방이 단체로 몰려와 시끌벅적하니 다른 데나 가보라고 늙은 간판은 목이 쉬었다

빈방은 국가 보호림으로 지정된 아열대 상록수림, 밀반 출 금지 품목

겨울 다비식

은둔은 얼마나 종교적인가
침묵은 또 얼마나 언어적인가

얼음 호수에 밑둥 처박고 홀로 정진하는 고사목

무릎 꺾고
등 구부리고
머리 숙이고
턱 괴고
가부좌 틀고……

삶한테 이혼당한 반가사유상半跏思惟像
겨울은 그의 상좌

저 무심함에 말 걸지 말자
(건드리지 않는 게 예의지)

무심함의 출처는 무無
무無는 독신의 언어

도대체 저 몽상과 경련에 어떤 불성佛性이 있기는 한가

겨울아,
면벽 정진하다 쓰러져 죽은 저 무無를 염하거라
끌어내 불 질러버리거라

발의 비망록

칠십년대였지요

선배 시인 모시고 충정로 옛 현대시학사 사무실에 세 들어 사는 시 찾아갔다가 발 한 쌍을 얻어다 길렀어요 평생 반려가 될 동물이니 잘 길들여보라고. 시의 입구는 항상 응달, 시 찾아가던 발이 언 땅바닥 빙판에 자주 미끄러지거나 비좁은 목조 계단을 디디고 올라가다가 헛디디곤 했지요 처음엔 발이 야생이어서 말을 잘 듣질 않았어요 그때마다 발을 꾸짖거나 채찍을 가했지요 때로는 울안에 가두어놓고 며칠 굶기기도 했어요 발이 시 찾아 디디는 보폭에 익숙해질 때까지 길들이는 데 평생이 걸리네요 지금은 내 눈치만 살피며 함부로 내딛지 않아 다행이지만 시 앞에 다가가려면 주눅이 들었는지 늘 엉거주춤한 꼴이 밉상입니다 발 보호단체에선 벌써부터 발을 야생으로 돌려보내야 한다고 맹렬히 주장합니다 어디 그뿐인가요 푹푹 빠지던 진창길 비틀비틀 끌고 다니거나 늦은 밤 눈길 떠메고 오느라 고생 많았던 발이에요 그러니 제가 평생 사육한 발을 함부로 돌려보낼 순 없지요 평생 정든 탓도 있지만 지금 돌려보낸다고 저놈이 야생의 무리 속에 잘 적응하고 지낼지도 보장할 수 없고요 그러나 언제까지 제가 붙잡아둘 수는 없어요 제가 죽고 나면 아무도 거두어줄 사람 없이 혼자 살아가야 할 텐데…….

아무도 살지 않는 칠십년대는 이제 폐가가 되겠지요

겨울 공한지

겨울은
삶의 가을걷이 끝낸 공한지
그 위를 어린아이가 막 발자국을 뗴었다

뒤뚱뒤뚱
비틀비틀
삐뚤삐뚤

아이의 첫걸음

겨울 노트 펴놓고 써 갈긴 한 줄의 문장
한 줄밖에 안 되는 짧은 시 같다

저 속도 껴안아 주고
저 속도 입맞춤해주고
한 됫박 햇볕도 좀 쪼여 다독거리고

저 속도가 부딪치고 넘어지면서 뒤뚱뒤뚱 건너간 겨울
시가 시에 걸려 넘어지고 미끄러지듯

지워버렸다

난해하게 피었다가 몽땅 동파당한 추운 속도

이 겨울에게 공한지세는 얼마나 부과될까

풍설야귀인도風雪夜歸人圖[*]

집으로 가는 길은
늘 혼자

그림자 어디서 헤어졌는지
그냥 혼자

사기 등잔 같은 불면 켜들고 앞세우자
내가 침침하다

몇 걸음 떨어져 뒤쫓아가는
나는 객

그만 가보거라

내가 나를 돌려보내고

내가 침침하다
내가 희미하다

자다가 깬 길이

등 뒤에서 펄럭이다

• 풍설야귀인도: 조선시대 화가 최북의 그림.

불빛 유택幽宅

모임에 나가 밥 먹으며 우리는 어떤 죽은 이에 대해 논했다

각자 아는 만큼 그의 삶과 인간을 들추었고 우리가 방치했던 비주류의 추위와 생화 같은 노래를 거품째 들이켰다 그의 유고집 같은 우울한 질문들은 마른안주

파할 무렵, 그의 헐벗음은 형광등 불빛을 받아 봉분처럼 뿌옇게 부풀어 올랐다 밥집 지하 방의 둥그렇게 환한 불빛은 결국 죽은 이의 유택幽宅이었고 그의 푸른 눈썹과 분실한 맨발을 음각하고 있는 우리는 모두 그의 묘비였다 무덤 앞에 세워진 나지막한 검은 빗돌들. 누구는 궁서체로, 누구는 예서체로, 혹은 한자로 혹은 한글로 뒤섞여 게걸거리고 앉아 있는 쓸쓸한 묘비들.

다들 탈퇴한 삶에 빚지고 살아왔구나

벽송사碧松寺

마을 가게 노인이 혼자 가을을 손질하고 있다

(거기는 길이 없어. 단풍에게 물어봐. 단풍 저 혼자 감춰두
고 몰래 오르내리는 길이 있긴 있지만…….)

노인이 파는 노란 잎 한 송이
금방 시드는 잎 한 송이

(시듦이 길이지)

나는 길을 비틀고
길은 나를 비틀고

빙빙 돌다 보니 삶이 폐우물처럼 동그랗다

길은 길을 반죽해서 부처를 만들었으나
나는 길이 잘 뭉쳐지질 않는다

식물성 물음

칠십이 다 된 놈들 대여섯 둘러앉아
삼겹살을 뒤집는다

멀리 바닷가 파도 소리에 잠적한 놈
한참 세상에 욕 퍼붓고 나서
다육식물 재배한다고 허공에 하우스를 짓는 놈
손자 보느라 정신없다 징징대는 놈
······.

긴 그림자를 가진 칠십들

볕 잘 드는 쪽으로 이마 죽 걸어놓으니
삶은 빨래 같다

불판 위 뒤집지 못한 어제는 벌써 까맣게 탔다

겨우내 언 흙 속에 처박아둔 나이
싹이 틀 수 있을까
전화번호는 언제쯤 개화할까

음지식물 같은 물음

"삶, 왜 이리 질긴 거요?"

덜 익었는지
씹지 못하는 건지

등잔불

먼 곳 물어물어 찾아온 친구
울 밖에서 배웅했다

길이 길을 끌고 가는 소리 꺼질 때까지
오래 서서 손 흔들어주었다

등 뒤로 먼 산과 뭉게구름 짊어지고
흔드는 손

오늘 밤은
그가 놓고 간 새벽잠 머리맡에 개놓고
그가 놓고 간 손 한 자루 켜두었다

그가 놓고 간 몸 환히 켜놓고
어서 밤을 염해야겠다

응달

택배가 도착했네
손에서 손을 건너온 먼 손
한 박스의 손

손이 손에게 말했지
(부재중 경비실에 맡겨주세요)

아무리 말을 걸어도 응답이 없더군

경비실 응달에 버려진 응달

내게 도착한 불룩하게 밀봉된
잠 뜯어보려고
잠에 묻은 응달을 탁탁 터네

검은 부재 곁을 오래 기다리다가
손도 경비실에 응달을 맡기고 가는군

모시 바람

모시옷이 걸려 있던
옛집 빈 바람벽에는 아직도 모시옷만 한 바람이 한 벌
모시옷처럼 걸려 있어
어느 날 내가 할머니 대신 하얀 바람 걸치고
길 떠나는 꿈을 꿀 때가 있지

질마재 너머 황룡동
나발터 건너 지아말

할머니의 보폭으로
할머니처럼 너울너울 나부끼고 싶은 때 있지
나이가 하얗게 펄럭이는 때 있지

길에게 구박받은 길 한 벌
곱게 빨아
봄볕에 널어 말리고
다리미질해서 걸어놓은

여긴 아직도 개간하지 않은 하늘이 엄청 넓어

모시옷
멀리 있는 것은 가까워 보이고
가까운 것은 멀어 보이지

그곳에 나이가 살지
모시 바람

제3부 흰 시간

흰 시간 1

내가 소장한 흰 시간

마음의 맨 밑
삶에 야단맞고 지하 계단 끌고 내려가
먼지 수북이 쌓인 오크통 속에 처박아둔

백포도주처럼 숙성된 흰 시간

따라준다 시에게

나를 언제까지 문밖에 홀로 세워놓을 것인가
대답하라 흰 시여!

흰 시간 2

묘비에 새겨진
'1941-1993'

그가 낑낑거리며 짊어졌던
'1941-1993'이라는 시간
검은 바탕의 흰 시간

우리가 염하고 입관하고
우리가 기억의 석탄층에 매장해버린 흰 시간

그 시간에 바쳐진 몇 송이의 망각과
몇 잔의 침묵

끌려가 돌아오지 못했다
시간의 위안부

흰 시간 3

관 짝 같은 필갑筆匣에 누워
혼자 사신다

흰 붓

구름 한 점 없는 화선지하늘 피었다 지는 시간
흰 시간

사람 아무도 들이지 말거라

단단히 타일러놓고
늘 빈둥거리던 노구老軀

요즘 환우가 위중하시다

과음했던 먹물 같은 삶
몽땅 오바이트하고

흰 시간 4

어떤 울음이 앉았다 갔을까
어떤 저녁이 바닥을 두들겨 팼을까

공원의 빈 벤치

내가 가끔 낮술 먹다
마음 과음하고 비틀거리며 털썩 걸터앉았던
흰 시간

혹은 울음이었던
혹은 바닥이었던

흰 시간

감잎 몇 장 곱게 붙여놓았다
소인 찍힌 우표처럼

내게 배달된 시간이
발신지 없는 한 통의 소포 뭉치였다니

흰 시간

박스째 뜯어보았다
새들이 발자국 꾹꾹 눌러쓴 짧막한 안부
하늘에서 일용직으로 근무하는 구름
밥차 기다리는 잎 진 나무 그늘

그리고 죽을 때까지 쓰고도 남을
흰 시간

죽은 뒤 모두 불 질러버릴

절판된 사람들

책상도 없이 맨바닥 폈다 덮는다
무릎 높이에서 여치가 울다 가고 오늘은 책도 재운다

책꽂이에 수북이 밤이 꽂혔다

사람이 자꾸 틀린다
사람을 타고 항해하다 사람에 좌초한 삶을 틀리고
틀린 삶을 또 틀리고 다시 반복해서 읽어도 또 틀린다

어떤 손이 나를 꽂혀 있던 자리에 도로 꽂아놓는다
읽다가 말고 빈 케이스만 꽂아놓는다

어제였다
국밥집에 헌 시집 같은 사람들 만나 국밥을 먹었다
누군가 읽다 제자리 꽂아놓은 절판된 사람들
아무리 들여다보아도 난해한 사람들

읽다 말고 침 묻혀가며 얼굴 몇 장 접는다

사람 덮고
사람 끄고

검은 비

초겨울 헝가리 부다페스트 외곽
공산 치하의 동상들이 끌려와 징역살이하는
동상 공원

한 동상이 검은 천에 덮여 비를 맞고 있다

검은 얼음처럼 밧줄로 칭칭 동여맨 삶
평생 삶에 한 번도 수그리지 않았던 저 대가리
무기수로 복역 중인 검은 비
청동의 추위

그 곁에 나도 세워놓는다

나는 내가 모시고 산 동상
때로 발로 차고 주먹질하고 패대기쳤던 동상
가엾은 동상

모처럼 내가 나에게 말 걸어본다
무장해제되어 수감된 모자 말 걸어본다

"여보게, 어디에다 마음 은닉했는가 어서 자백하게"

검은 비가 청동의 언어로 심문하자

"이미 탈옥했습니다"

눈 신발

.

우체국 네거리
눈이 눈 맞고 섰다

밤새워 고쳐 쓰고 고쳐 쓴 엄동설한
잠 안 재운 엄동설한

함께 눈 맞고 섰다

눈의 주소지로 눈 포장해 발송했다

무릎 아래 무릎 오그리고 있는 발자국은
아직 누구에게도 발설하지 않은 말
눈이 신고 다닌 언 신발
말 없는 흰 길

하루 종일 볕이 들지 않는 마음 옆에
세워두었다

그건 누구에게 부칠 말이 아니라
내게 반송된 빙판 진 나

우두커니 눈 맞고 섰다

길

삶, 고장이 잦다

가다 서고
가다 서고

생산 공장은 파산되고
정비소에선 부품이 없다고 한다

낡은 삶
벌써 몇 달째 갓길에 세워두고
눈비 맞힌다

고철 덩어리처럼 캄캄한 노후

허공 농장

손을 부러뜨렸다
그 통증 산에 놓고 왔어야 하는 건데
수리하는 데 최소 6개월은 걸린다며 칭칭 묶어 허공에 걸
어놓는 것 아닌가
오래 써먹은 손 고장 날 때도 되었지
손이 일구던 허공은 이미 폐농지

……빈 숟가락질, 식은 악수, 삿대질, 추운 이별, 움켜
쥔 주먹, 다급한 손짓, 열 손가락 넘기지 못하는 셈, 헛손
질, 부스럭거림……

제때 출하 못 해 썩어버린 칠십 년 근들
허공이 캐다 묻어버린 허공
헐값에 처분해야 하나

봄 무단 점거한 꽃들

꽃들은 언제 도착했을까

차 타고 왔을까 걸어왔을까

산골 빈집같이 단단히 잠가놓은 봄, 어떻게 따고 난입

한 걸까

허락 없이 주거 침입한 죄 알고나 있는 걸까

안으로 문 걸어 잠그고 무슨 모의를 하고 있을까

봄, 주인 왔는데 왜 문 봉쇄하고 안 열어주는 걸까

봄 경비하라고 세워둔 삼월의 눈송이들은 어디로 쫓겨

났을까

봄 무단 점거하고 며칠째 농성하는 걸까

봄 사용료는 제대로 선불했을까

꽃은 막무가내인데 봄은 왜 속수무책일까

만개한 낮잠에게는 왜 나비가 앉지 않을까

가난은 왜 빛깔이 고운 걸까

외로움은 왜 향기가 짙은 걸까

고무신짝들은 왜 만개하지 못하고 시들어 떨어졌을까

봄은 왜 저 꽃들을 고발하지 않을까

봄, 언제 정상화될까

흰 그림자

집에다 깜빡 이름 놓고 나오고……
버스에 깜빡 시간 놓고 내리고……

삶이 점점 유실되고 있다

나의 밖에 서서 나를 두드리는 눈사람
그림자를 가진 걸 보면 분명 뜨거운 삶이 있을 것 같아

저 흰 그림자
삶 잠수부로 고용하고 싶다

망각 몇 구 건져 올려
수의 같은 그림자
따뜻하게 한 벌 갈아입혀 주고 싶다

빗소리

겨울인데도 비가 왔습니다

밖에서 돌아와 문 걸어 잠그고 듣는 슈베르트 아르페지오
나는 오후를 내성적으로 틀어놓고 고요 쪽으로 머리를
두었습니다

이불 뒤집어쓰고 앓아누운 겨울 곁으로
빗소리를 뜯고 있는 비
제집 가는 길 몽땅 털린 비

오래 불 때지 않아 냉골인 마음 한 칸 내주었습니다

늦은 밤
비와 독대했습니다

지도에도 없는 길을 물어물어 찾아오느라 수고한 비
내가 살아본 적 없는 삶을 지껄이는 비

비가 잠 안 자고 캄캄한 밤에다 끼적거린 낙서들

시가 아닌

그냥 낙서들

문득 비에게서 시 냄새가 납니다

수국

그때 나였던 얼굴

담장에 기어올라 발돋움하고
먼 집밥 냄새 맡던
그때 나였던 얼굴

한 송이 꺾어
시 쓰는 책상머리에 꽂아놓았다

한때는 저 얼굴에 기차가 지나가기도 하고
누군가 천둥을 심어놓기도 했지

시가 좀 환해졌다고 말할 수는 없으나
밥 냄새 나지 않는 시를 위해
시의 제단에 밥상 차려놓고

고봉밥 같은 얼굴 모셨다

한때 나였던 너에게
답장을 쓰려고 편지지 앞에 앉아

몸을 흔들어본다

깡통처럼 찌그러진 말들이 덜컹거린다

나이 도둑

술 취한 아버지가 사 들고 온 물음
마루 위에 툭 내던진다
"여기 있던 어제 어디 있냐?"
"……?"
삶, 바닥을 샅샅이 뒤졌으나 없다
누군가 밀봉해둔 어제 뜯고 어제를 훔쳐갔다
개숫물에 뜬 허연 얼굴과 밤바람과 집 그늘과 어머니…….
"우리가 사랑한 것 몽땅 털어갔어요"
아버지는 나이의 멱살을 잡고 주먹질을 해댔다
"네놈 짓이지?"
어제가 놓였던 바닥 툭툭 털어 말렸다
밤새도록 물걸레질했다
아무리 닦아도 어제는 뜨지 않았다
"나이가 범인이구나 저놈 빈집털이범으로 신고하거라"
문짝 뜯긴 어제
시커먼 부재만 잔뜩 쌓아놓았다
찾아가든지 말든지

병 이후病 以後

장기간 시간 사용료 체납했더니
당장 시간 공급 끊겠다고 계고장을 보내왔다

그간 물 쓰듯 펑펑 썼다
아까운 줄 모르고
염치없이

누가 어디 불법으로 빼돌려 파는 유사 시간 없을까

많이는 필요 없고
몇 리터만

잠 안 자는 잠

불면도 잠은 잠이지

냉골 같은 삶의 윗목에
옷 두툼하게 껴입혀 앉혀놓은

잠

밤새도록 환하게 켜놓은
잠도 잠이지

잠 안 자는 잠이지

제4부 새벽달

봄

만개한 산벚꽃
저 화염花焰에 타죽으려고
길이 길을 들쳐업고 올라온다

길이 길을 불구덩이 속에 집어 던지고
저 혼자 가고 있다
푹 꺼진 등처럼
연기처럼

군불

읍내로 이사한 다음 날부터 꼬박꼬박 새벽이 배달되더군
골목을 많이 부양하던 내 집
사글셋방에 사는 사람에게도 새벽의 지분이 있더군
이제 비로소 나도 어둠의 조합원이 된 거야
사글세 창문 크기의 새벽이지만
낙서가 세 살던 단칸방 같지만
아무나 가질 수 없었지
뿌듯했지

그 후
창문으로 별들이 자욱하고
굴뚝의 응달이 부쩍부쩍 자라는 동안
더 이상 새벽은 넓어지지 않더군
재건축할 형편은 못되고

좁지만 아예 매입했지
별장으로 쓰고 있네

요즘 자주 노숙하던 불면이 불쑥불쑥 찾아와
몸 녹이다 가네

엄동에 어쩌겠나

컴컴한 아궁이 속 같은 시에 바람 몇 개비 욱여넣네

무소식

태백이나 정선쯤이면 좋겠다

혼자 한 사나흘 푹 묵어갈 수 있는
무소식 한 채

아무도 찾아오지 못하게
혼자 저 높고 긴 능선 다 업어 재운 첩첩산중

전용면적 십오 평이면 족하다

여기까지 나 데려다 놓고
차마 그냥 두고 갈 수 없어 곁에 있어 주는,
곁에서 밤새워 말벗해주는
불면

너 하나면 족하다

나는 여기가 어딘지 모른다

매일

매일

흰 눈이 빗자루 들고 쓸어주시고

구름이 물걸레질해 주시는

그 추운 무소식

세간이라곤

몇 송이 시든 시와

읽다가 덮어둔 뭉게구름 몇 권

목 비틀어 죽인 전화번호들

저 무거운 짐 짊어지고 오느라

폐도廢道 수고했다

이제 네 입 여기 놓고 가거라

함부로 나불거리지 못하도록 짓이겨놓으마

욕지도 1

어젯밤
민박집에서 혼자 밥 먹다 내다본 수평선
쓰러져 잠든 내 곁에 함께 누운 수평선
꽁꽁 묶어 차에 실었다

묵직하다

통영에서 대전까지 내내
나는 나를 무시로 동여매며 왔다
수평선 엎지를까 조심하며

수평선
거실 벽에 걸어두고 길렀다
삶 좀 아득해지려고

욕지도 2

섬 전체가
시간 자생단지

여기저기 흐드러지게 피었다

함부로 캐 가지 못하도록 보초 서서 지키는
시간보호단체 회원들
절벽들

시간 몇 포기 반출하는 데 허가받아야 하나

새벽달

*

새벽에 꽁꽁 언 몸 끌고
시 찾아온 달

언 달

불면 한 칸 내준다
구들장 뜨끈하게 덥혀놨으니 몸 녹이다 가라고

시가 쓰던 독방 내준다

*

나는 내 시를 밤 잡지에 발표했다
원고료는 불면

밤은 무독지無讀誌
아무도 읽는 사람이 없는 잡지

새벽 두 시
언 달이 혼자 내 시 읽는다
잠 안 자고 내 시 읽는다

언 달은
내 시의 일인 독자

*

언 달 곁에서 함께
언 시

두메산골 오두막집 같은
시

말 없는 말
시 자꾸 들이받자
시가 '쾅' 하고 문 닫는 소리 낸다

달도 시를 더는 어쩌지 못하고 그냥 곁에 있어 준다

내버려 두고 가기가 뭣해서
시묘살이하듯 있어 준다

시를
크게 헝클고 싶었으나
세게 후려갈겨 주고 싶었으나

조용히 사립문 닫아주고 간다

겨울 엽서

프라하 가거든
구시가 광장 얀 후스의 검은 동상이 이고 있는 회색 하늘
겉장 한 장 좍 찢어다 주렴

광장 왼쪽 골목의 카프카 생가에 핀 폐병 걸린 기침 소리
한 송이만 꺾어 오렴

몇 해 전 내가 몰래 훔쳐오다 공항 검색대에서 압수당한
드보르자크 첼로협주곡 2악장 같은 동유럽 노을은 건드리
지 말고

입고 간 두껍고 칙칙한 마음 한 벌 벗어서 바츨라프 광장
에서 노숙하는 내 그림자 입혀주고 오렴

몸으로의 출가

며칠
시골집에 내려와 있습니다
의자 혼자 마당에 나와 산그늘 쬐고 계시더군요
앞산 마주하고 계시더군요

곁에 앉아
밤새 달여놓은 무심 몇 잔 따라드리고 왔습니다
처방전 없이도 구입할 수 있는
저 무심!

통증을 다스리기엔 무심만 한 게 없지요

달포 전 나는
입원해서 큰 수술받았습니다
몸겨누운 2인실 물어물어 밤이 문병 왔습니다

밤은
내 시를 암매장한 무덤
노불老佛 같은 시 몇 편 몰래 모셨지요

생전에 무숙자無宿者였던 시
'잠잘 곳이 없는 자'란 뜻이지요
잠을 거부한 자
잠에게 쫓겨난 자

서로 아무 말도 하지 않았습니다

내가 아프다는 말
하지 않았습니다
원래 입이 캄캄했으니까요
며칠은 함께 묵을 침대가 비어 있었지만
밤을 재우지 않았습니다

수술 이후 내 잠은 저체온증입니다
(삶은 본디 몸을 차게 하는 음식이지요)

내 몸의 끝!
내가 한 번도 가본 적이 없는 몸의 오지
더 늙기 전에 한번 가보고 싶은 '아주 먼 곳'
'아주 먼 곳'이라는 말 말고는 나는 아는 게 아무것도 없

습니다
　그곳은 나만 아는 몸의 끄트머리

　흰 가운을 입은 입이 말했습니다
　눈사람처럼 서서 눈사람의 목소리로 말했습니다
　(그곳은 마음이 울창한 심산유곡이더군요 도무지 길을 찾
을 수가 없어요)

　아무 생각 없이 그냥 툭 떨어뜨리고 간 그 말
　갑자기 진눈깨비 향기가 납니다

　그곳에 조그만 절 한 채 짓고 싶습니다
　노년에 파묻혀 염불하다 죽고 싶습니다

　위안받고 싶지 않습니다

　시는
　삶에 꽂아놓은 무통 주사

　요즘은 마음도 휴가 보냈습니다

가지 않겠다는 걸 등 떠밀어 보냈습니다

하루가 지면
다시 똑같은 하루가 피고

한 송이의 하루
혹은 몇 송이의 나날
꺾어다 머리맡에 꽂아놓고 바라봅니다
우두커니 떨어져서

사는 게 아니라 그냥 견디는 나날

가끔
한잠 자고 눈 뜨면
새벽 한 시
여기부터 또 한잠까지의 먼 시간

시가 잠 안 자고 구름처럼 뒤척입니다

말로만

말로만

들르겠다고 했던 그대 마음

오늘은 큰맘 먹고 찾았습니다

요즘 어찌 지내는지 그냥 둘러보려고

가쁜 숨 몰아쉬며 쉬엄쉬엄 올랐습니다

절벽 위 암자 같은 그대 시집

그곳은 내가 혼자 며칠 묵고 싶었던 빈방

벽 마주하고 한잔하고 싶었던 빈방

벌렁 나자빠져 한잠 푹 자다가

깨어보니 새벽 세 시

시가 도 닦는 새벽 세 시

시들이 새벽 예불 올리고 있더군요

그렁그렁 경 읽고 있더군요

왜 마음은 하필 밤에만 필까

내 마음은

내가 뛰어내리고 싶은 날바닥

아직 살아보지 못한 날들

꽁꽁 묶어 현관에 내다 놓았습니다
지저분하게 더럽힐 거면 차라리 반납하는 게 나을지 모
릅니다
반품하는 게 나을지 모릅니다

남은 재산이라곤
마음 몇 평
다 팔아 조지고 겨우 남은
응달의 텃밭 같은 마음
밭고랑의 꽁꽁 언 발자국 같은 마음

차라리 기증해버릴까
삶이 경매 처분하기 전에

시를 굶기다

삼시 세끼야
삼시 세끼야
시 자주 찾아가 머리 들이박지 말아라
입 자꾸 짓찧지 말아라

시는 요즘 금식 중이다

불면은
시가 틈틈이 농사지은 구황작물
한 박스 다듬어 보내마
겨우내 두고 먹어라

내 몸의 이웃

어느 첫새벽

갑자기 경찰차가 들이닥쳐 내 주검을 수거해간다면

(아마 그럴 것이다)

저녁 먹고

슈퍼에서 만나 함께 걷던 달과

전철 경로석의 행색이 허름한 꽃바구니와

바람모자 눌러쓰고 둑길 걷던 언 이마와

종일 종편 틀어놓고 쌍욕 퍼붓던 입과

고택에 민박하며 눈 쌓이는 줄도 모르고 밤늦도록 당시唐

詩 읽던 촛불과

밥집에 메고 온 하늘 내려놓고 마주 앉던 진눈깨비와

…….

모두 자살 방조 피의자로 끌려가

밤샘 조사받고

출국 금지당하고

(아마 그럴 것이다)

분천역에서

영동선 타고 분천역에 가고 싶다
마을 사람들이
뜯어다 파는 싱싱한 시간 한 다발 사고 싶다
너희들이 여기서 살았구나
너희들이 여기서 재배되었구나
기차가 신고 와서 부려놓은 먼 길
분천의 눈보라
분천역서 살던 한밤중 바퀴 소리
차창의 오래된 기다림

모두 여기서 자생하는 산야초였구나

이 추운 집이 무쇠 덩어리 같은 기다림을 재배한 곳이었
다니
지독한 그리움의 원산지였다니
그래, 원래 기차의 종은 식물성이지
분천역과에 속하는 약용식물

이른 새벽
기차가 실어다 부려놓은 분천역

로열티를 지불한 분천역

썩지 않도록 저온 창고 같은 삶에 저장해두고 싶다

석류꽃

울안에 있었다
석류나무 매달린 꽃 몇 송이

몸 오그리고 턱을 괴고 물음표처럼
깨금발로 서서 울 밖이 궁금한
얼굴 몇 송이

불면이 끼적거리다가 내쫓은 시는 언제 들어오나
시가 방목하던 손목은 누가 데려갔나

질문이 붉다

꽃송이는 기다림의 형식

저 무소식
정기 구독하고 싶다

따뜻한 네모

먼 산이 네모난 창으로 나를 들여다보고 있다
내가 따뜻해지는 걸 네모나게 들여다보고 있다
혼자 순댓집에 들러 막걸리 한 대접 마시고 막 들어온
내 잠도
네모나게 들여다보고 있다

산은 나를 네모 안에 들여놓고
막스 브루흐의 〈콜 니드라이〉를 수도꼭지처럼 틀어놓고
지그시 눈 감은
나를 네모 안에 들여놓고
배 위 어린 손자에게 그림책을 읽어주는
나를 네모 안에 들여놓고
산은 나를 네모나게 읽는다

네모 안이 우물처럼 깊다

매화를 앓다

이불 푹 뒤집어쓰고
끙끙 앓는 사이로
매화, 너 혼자 왔구나

식은땀이,
기침이,
네가 맨발로 걸어온 길이었다니
발자국이었다니

그래 내 통증 곁에 좀 있어 다오

너를 엎드려 읽다가
너를 엎드려 쓰다가
드디어 너를 앓는다
엎드려서

내 몸은 매화가 며칠 묵었다 가는 임시 막사
문밖에 봄비 주차시켜 놓고

꽃의 갱도

맨홀 뚜껑의 무쇠꽃
무쇠에 뿌리박고 무쇠만 먹고 사는 꽃

꽃송이 열고
인부가 들어갔다
또 들어가고 또 들어갔다
꽃 속으로 엉금엉금 기어들어 가고는 아무도 소식 없다

비정규직으로 고용된 무소식

문득,

삶이 우리를
황홀하게 유혹할 때가 있다

조심하거라
꽃 속은 갱도가 깊다

시 찜질

헤세 시집 읽다가 갈피에
붉은 단풍잎 한 장을 끼워놓았다
시가 사는 방에 가을이 몸 지지러 왔다
가을을 쬐려고 시들이 모였으나
제가 들고 온 통증이 더 뜨거웠다.
시 앞에 쪼그리고 앉은 가을이 쭈글쭈글하구나
갈 데도 없거니와 가고 싶은 곳도 없어
나도 마음 데리고 여기 와서
한철을 처박혀 있었다
그러나 빛깔이 좀처럼 들지 않는다
삶이 힘없이 구겨진다
등 뒤에서 누군가 중얼거렸다
시는
잠깐 들러 쉬었다 가는 주막이 아니야
문 걸어 잠그고 진땀 내며 견디라고
시는 나를 견디고⋯⋯
나는 시를 견디고⋯⋯
삶이 뜨거워지면 곱게 색이 들겠지
타 죽을망정

시라는 이름의 부도浮屠

이성천(문학평론가)

1.

　이관묵의 새 시집『동백에 투숙하다』는 느린 호흡으로,
천천히 읽어야 한다. 마치 고즈넉한 사찰에서 부도浮屠 탑
돌이를 하듯, 그의 시는 반복적으로 되새김질해가며 읽어
야 한다. 몇 가지 이유가 있다. 먼저 이관묵의 일부 시편
들은 은유와 환유의 기법을 꾸준하게 활용하는 탓에 읽는
이의 손쉬운 접근을 사전에 차단한다. 제법 낙차가 큰 유
사성과 인접성의 배열 원리에 바탕을 둔 그의 시어들은 종
종 의미의 분절현상을 야기하는데, 이 점이 독자로 하여금
신중한 접근 태도를 가져가게 하는 것이다. 그 의미의 분
절현상이란 가령, 이런 것이다. "사람이 불자/ 사람이 꺼
진다"(「사람이 분다」), "탈퇴한 삶에 빚지고 살아왔구나"(「불빛

유택」), "무장해제되어 수감된 모자 말 걸어본다"(「검은 비」), "우리가 기억의 석탄층에 매장해버린 흰 시간"(「흰 시간 2」) 혹은 "시들의 자택自宅"(「시 고용하다」) 등등. 이외에도 낯선 주체의 적극적 도입 및 선禪적 표현을 방불케 하는 과감한 진술, 또한 읽을수록 삶의 연륜이 우러난다는 점도 우리가 그의 시집 주변을 자주 맴돌게 하는 빼놓을 수 없는 요인으로 작용한다.

하지만 우리가 이관묵의 시편들을 차분하게 반복적으로 살펴야 하는 결정적인 이유는 정작 이런 것들이 아니다. 독자가 이관묵의 시를 두고 일종의 '부도 탑돌이' 방식의 독법을 취해야 하는 보다 중요한 이유는 따로 있다. 무엇보다도 그것은 시가 우리 삶의 정신적 위안으로 작용한다는 저 오래된 예술적 정의와 관련된다. 다시 말해 시는 우리 시대의 진솔한 언어의 '사리숨체'를 모아놓은, 이른바 말의 부도浮屠라는 서정 장르의 고전적 품격과 관계가 깊다. 실제로 이번 이관묵의 시는 물질문명의 부박한 논리가 지배하는 현실자본주의 세계에서 삶의 실재를 회복하려는 노력을 중단하지 않는다. 그의 시는 삶의 본래성을 향한 '생각'과 '마음'의 중요성을 끊임없이 환기하며, 어떤 의미에서 "부도浮屠"로서 서정시의 역할을 충실히 수행한다. 금번 이관묵의 시집에 사람과 삶, 인생과 자연의 근원을 향하는 마음과 생각의 흔적이 유독 두드러지는 까닭도 이런 사정과 무관하지 않다. 70년대 등단 이후, 어느덧 "칠십이다 된"(『식물성 물음』) 시인은 이즈음에도 스스로를 시에 유폐시키며 인생의 참된 가치와 삶의 고유한 원리를 진지하게 탐구하고 있는 것이다. "시는 나를 견디고······/ 나는 시를 견디"(『시 찜질』)는 고투의 과정을 통해, "흰빛 몇 과顆 간신히 수습해 봉안한 쇠락한 시의 부도浮屠"(『눈사람 부도浮屠』)를, 참신한 비유와 감각적인 언어를 동원하여 축조하고 있었던 것이다.

2.

시가 말의 부도浮屠라면, 그것이 동시대 진지한 언어의 사리를 모아놓은 정서적 집적물이라면 필연적으로 시는 사유의 문제로 확산될 수밖에 없다. 말(언어)은 인간의 사유체계가 구체적으로 발현된 종합적 양식이기 때문이다. 따라서 이관묵 시세계가 의식/무의식의 차원에서 "시의 부도浮屠"를 운위한다는 것은, 그의 시가 이미 진지한 사유의 영역에 집결해 있음을 의미한다. 즉 이관묵 시인에게 시란 인생의 진실을 추구하는 말(言語)들의 부도浮屠이며, 이는 곧 본래적 삶에 대한 생각과 마음과 정신의 사리를 "봉안한" 사유의 부도이기도 한 것이다.

구름으로 낙향하리

구름에다가 구름 한 채 지으리

잎 진 미루나무

네가 바라보는 곳을 나도 보기 위해

네 그늘 밑에 내 그림자를 쌓아두리

　　　　　　　　　　—「늙은 높이」 부분

나는 가끔 새를 입고

하늘이라고 믿었던 곳까지 걸어가

생각에 잔뜩 하늘을 묻히고 왔다

　　　　　　　　　　—「하늘 시詩」 부분

　시집의 도입부에 순차적으로 위치한 이 작품들에서 "구름"과 "잎 진 미루나무"의 "늙은 높이"와 "잔뜩 하늘을 묻힌" "생각"이 지시하는 의미를 파악하는 것은 별로 어려운 일이 아니다. 아마도 그것들은 화자의 마음이 투영된 객관적 상관물일진대, 여기에는 무욕의 삶과 정신의 고양을 추구하는 시인의 확고한 의지가 담겨 있다. "낙향"과 "추위"의 시어에서 암시되는 시의식의 결연함, "비바람이 몰아쳐도 덜컹거리지 않도록 굵은 철사로 동여맸다"라는 시구의 중의성, '~하리'와 같은 미래형 종결어미의 반복적 사용 등은 이런 사실을 입증하기에 충분하다.

　우리 주변에서 흔히 볼 수 있는 자연사물을 접목하여 마음의 순정성과 삶의 본원적 "높이"를 갈망하는 시편들은 이번 이관묵의 시집에서 다양한 경로를 통하여 확인할 수 있다. "무릎과/ 무릎에 뜬 새벽달과/ 무릎으로 걸어가 도달하는 하늘을 반죽해서/ 마음 한 채 짓고 싶다"고 고백한 「푸른 무릎」이 그러하고, "꽃 아래 누워 뼈를 뜨겁게 지지고 싶다"던 「동백에 투숙하다」가 그러하며, 역시 "꽃"에 대한 관조와 소묘를 통해 염결한 마음의 자세를 기도한 「산수유」가 여기에 속한다. 이 시들은 대체로 일상의 부질없는 "생각 다 쳐버린 나"(「동백에 투숙하다」)로 거듭나고자 하는 시인의 마음을 대변한다. 뿐만 아니라 자연의 본성을 지속적으로 환기함으로써, 이기적 문명의 논리에 무차별적으로 노출된 현대인들의 삶에 반성적 사유를 유도한다는 점에서 공통성을 지닌다.

그런가 하면, 시인의 마음과 그 마음의 흐름을 재치 있게 그려낸 다음의 작품도 있다.

마음을 인출해서

마음을 대출받아

혼자 강둑에 앉아 구름 바라보는 데 썼다

나 기다리다 지친 산 벚꽃에게도 조금 송금했다

쓰고 좀 남으면

나이야,

네가 언 발로 걸어 오른 심산유곡

고산 침엽수림 같은 두문불출

몇 평 사주고 싶다

거기서 평생 묵묵부답 모시고 혼자 살거라

　　　　　　　　　　　—「고사관운도孤士觀雲圖」 전문

「고사관운도孤士觀雲圖」는 이관묵의 마음 상태를 투명하게 제시한 작품이다. 그러므로 「고사관운도」는 노년에 접어든 시인의 심리적 자화상이라고 불릴 만하다. 유의할 점은 이 시에서 시인의 마음이 최종적으로 도착한 장소이다. 의미맥락상 그것은 "인출"과 "대출"과 "송금"이 유추하는 일상적 삶의 단계에서, "구름"과 "산벚꽃"과 "심산유곡 고산 침엽수림"의 자연지대를 거쳐, 다시 삶의 현장으로 회귀한다. 이는 시인이 자신의 분신 격으로 설정한 "나이"에게 "두문불출"과 "묵묵부답"의 삶을 권유하는 장면을 통해서도 재차 확인된다. 결국 이 시는 헛된 욕망이 부유하는 현실 생활세계에서 자연의 본연한 이치를 기억하며 살아가려는 시인 의식의 표출로 볼 수 있다. 시제가 지시하듯이 「고사관운도」는 비록 외롭고 고단한 작업일지언정 인생의 기원적 의미를 지속적으로 추적하고자 하는 시인 마음의 풍경에 다름 아니다.

　여기서 알 수 있듯이 이관묵 시인에게 자연은 그 자체로 맹목적 동경의 대상이 아니다. 그보다도 시인에게 자연은 오늘날의 삶에서 인간과 세계의 근원적 질서를 숙고하게 하는 매개적 존재로 인식된다. 자연공간을 배경으로 거느린 적지 않은 그의 시편들이 어느 것 하나 초월과 달관의 태도를 취하지 않는 원인도 이 점과 긴밀하게 연계된다. 결과적으로 이관묵의 자연은 인생의 고유한 의미를 반성적으로 성찰하는 '마음의 경유지'였던 것이다. 그런데 이 사실은 매우 중요한 의미를 내포한다. 왜냐하면 이 대목은 그간에 자연 상실의 불안감을 자연 예찬이라는 단순한 방법으로 일관되게 표출해온 그 흔한, 일부의 '자연시'들과 이관묵의 시세계가 갈라서는 지점이기 때문이다. 거듭 강조하는바, 이관묵의 시세계에서 자연은 인간과 세계의 근원을 음미하고 다시 생각하게 만드는 마음의 순례지이자 경유지로 포섭된다. 그러기에 그의 시에서 자연은 역설적이게도 상실의 마음이 "투숙"하고 있거나 삶의 핍진성이 오버랩되는 경우가 많다.

3.

이관묵의 자연이 현재의 실상을 자각하는 마음의 경유지였기에 그의 시는 다시 삶의 장소로 귀환할 수밖에 없는 운명이다. 그래서 시집의 곳곳에는 "삶이 점점 유실되고 있다"(「흰 그림자」)거나 "삶, 고장이 잦다"(「갓길」)라고 되뇌는 실존의 목소리가 자주 들려온다. 또한 "칠십이 다 된 놈들 대여섯 둘러앉아/ 삼겹살을 뒤집는"(『식물성 물음』) 익숙한 현실의 장면이 유출되기도 하고, 개별 존재들이 지나온 과거 삶의 굴곡과 그늘을 표상한 "흰 시간"(『흰 시간』)의 내력이 연속적으로 소개되기도 하며, "방금 배달된 일요일 뒤적거리"(『일요일』)는 평범한 일상 속 시인의 모습이 목격되기도 한다. 이와 아울러 "늦은 밤/ 비와 독대"(『빗소리』)하는 일, 비 오는 "초겨울 헝가리 부다페스트 외곽"의 동상 곁에서 "모처럼 내가 나에게 말 걸어보"(『검은 비』)는 자기 내면과의 상상적 대화, "밤늦도록/ 흰 종이 들여다보고 있는"(『무자서無字書』) 행위, 하물며 "잠 안 자는 잠"의 "불면"(『잠 안 자는 잠』)과 그로 인한 뒤척거림 등도 시인으로서의 개성적인 삶의 단면을 보여주기에 전혀 부족함이 없다.

새벽 두 시를 수리하고
새벽 두 시의 불면을 개축하고
잠의 성단에 사람 몇 자루 켜두었다
촛불처럼

오늘밤은 등이 휜 내 기도가 환해질까

천 년 전 왕유는
내게 중국산 무심과
원산지가 표시되지 않은 가을비를 보내주었다

천 년 묵은 개축자재!

폐가 직전의 새벽 두 시
수리하는 데 한번 써보라고

내가 매일 맞이한 삶(生)은 무심
사람을 만지작거리면 왜 그게 시가 될까

사람이 붙자
사람이 꺼진다

사람에게 구원받고 싶다

       —「사람이 분다」 전문

이관묵의 시가 섣부른 초월을 경계하고 현실의 삶을 절
대적 진원지로 삼고 있다면 이 과정에서 "사람"의 문제를
당연히 외면하지 않을 것이다. 이관묵에게 시는 "사람을
만지작거리는" 작업이고 "사람에게 구원받고 싶"은 간절한
소망을 드러내는 마음의 통로이기 때문이다. "사람"을 구
심점에 포석한 「사람이 분다」는 이러한 이관묵 시의 성격을
극명하게 보여준다. 특히 이 작품은 중국 당나라 때의 시
불詩佛 왕유의 "무심"과 그의 시집 속 "가을비"를 효과적으
로 차용함으로써 시적 의도를 선명하게 부각한다는 점에서

흥미롭다. "천 년 묵은 개축자재"로 지칭된 "무심"과 "가을
비"는 "내 기도가" 필요한 "사람"과 달리, 한결같이 "환해
질" 수 있는 것들이다.

　한 가지, 이 시에서 "사람이 불자/ 사람이 꺼진다"라는 시
적 전언은 여전히 의미 윤곽이 분명하지 않다. 다만, "잠의
성단에 사람 몇 자루 켜두었다"라는 진술, 시인의 "기도"와
"사람"이 대척지간에 놓여 있다는 점을 감안하면 미루어 추
측이 가능하다. 아마도 이 부분은 타자와의 갈등, 더 나아
가 인간의 고유성을 망각한 현대 일상인(homo quotidianus)
들의 이기심과 그로 인해 발생하는 소외현상에 대한 안타까
움과 비판적 회의의 뜻으로 이해해봄 직하다.

　　모임에 나가 밥 먹으며 우리는 어떤 죽은 이에 대해 논
했다
　　각자 아는 만큼 그의 삶과 인간을 들추었고 우리가 방치
했던 비주류의 추위와 생화 같은 노래를 거품째 들이켰다
그의 유고집 같은 우울한 질문들은 마른안주
　　파할 무렵, 그의 헐벗음은 형광등 불빛을 받아 봉분처럼
뿌옇게 부풀어 올랐다 밥집 지하 방의 둥그렇게 환한 불빛
은 결국 죽은 이의 유택幽宅이었고 그의 푸른 눈썹과 분실
한 맨발을 음각하고 있는 우리는 모두 그의 묘비였다 무덤
앞에 세워진 나지막한 검은 빗돌들. 누구는 궁서체로, 누
구는 예서체로, 혹은 한자로 혹은 한글로 뒤섞여 게걸거리

고 앉아 있는 쓸쓸한 묘비들.

다들 탈퇴한 삶에 빚지고 살아왔구나

—「불빛 유택幽宅」 전문

"인간을 들추어"내는 시적 작업은 「불빛 유택」에서도 계속된다. 시상의 유연한 전개와 상징 시어의 적절성이 단연 돋보이는 이 시는 "어떤 죽은 이"와 "그의 삶"을 추모하는 자리의 정경을 묘사한 작품이다. 이에 따라 작품의 전반적인 분위기는 일단 엄숙하면서도 암울하다. "우리가 방치했던 비주류의 추위와 생화 같은 노래", 즉 불우했던 망자의 삶이 회고의 주된 내용으로 주어져 있으며 그 한켠에 "그의 유고집 같은 우울한 질문들"이 "마른안주"처럼 곁들여져 있는 탓이다. 특히 "그의 헐벗음은 형광등 불빛을 받아 봉분처럼 뿌옇게 올랐다"와 같은 대목은 묘한 환각성마저 불러오는데, 이는 "밥집 지하 방의 둥그렇게 환한 불빛은 결국 죽은 이의 유택"이라는 시구로 이어지며 작품의 전체적인 분위기를 음울하고 쓸쓸한 정조로 몰아가는 데 일조한다.

한편, 이 시가 간직한 또 다른 미덕은 작품의 후반부로 갈수록 다의적 해석의 가능성이 열려 있다는 점이다. 보다 구체적으로 말해서, "우리는 모두 그의 묘비였다 무덤 앞에 세워진 마지막 검은 빗돌들. 누구는 궁서체로, 누구는 예서체로 혹은 한자로 혹은 한글로 뒤섞여 게걸거리고 앉아 있는 쓸쓸한 묘비들"이라는 문장은 읽는 이에 따라 다

양한 의미로 수용될 여지가 있다. 이 구문에는 망자에 대한 추도의 감정과 함께 삶과 죽음의 거리를 최소화함으로써 궁극에는 그 경계를 무화시키려는 시적 암시가 "음각"되어 있는 것이다. 이런 측면에서 보면 이관묵의 「불빛 유택」은 삶과 죽음의 이분법적 사고를 지양하는 철학적 판단이 예비되어 있다고 하겠다. 시인이 의도했든 그렇지 않든, "탈퇴한 삶"이라는 마지막 구절에는 죽음을 삶의 연장선상에서 일원론적으로 바라보는 인식론적 전환의 사유가 투사되어 있다.

4.

다시, 이관묵의 새 시집 『동백에 투숙하다』는 천천히, 되새김질해가며 읽어야 한다. 여전히 그의 시는 인간과 세계의 기원을 추구하는 비의적 기능을 포기하지 않기 때문이다. 그에게 시란 변함없이, 일상의 적막한 풍경과 마주하면서도 우리 삶의 정체성과 소중한 가치를 환기하고 재생하는 마음의 작업으로 여겨지는 까닭이다.

지하철 1호선 서울역 승강장
스크린도어의 시들이 제복 차림으로 침침하게 서 있다
청마도 목월도 침침하게 서 있다 맨 뒤 용래 선생도 쪼그리고 앉아 훌쩍이고 있다 시들의 유일한 노동은 두 팔로 시를 열었다 닫는 일. 시의 방에 들어가 몸 덥혀 나오는 한순간을, 시에 갇혀 덜컹덜컹 흔들리며 이쪽 삶에서 저쪽 삶으로 건너가는 한 송이의 시간을,

시들이 지키고 있다
출입문 시들지 않게 보살피고 있다

시가
시가
시가
시끌벅적한 삶의 문지기라니!
방금 도착한 발에게 추운 목례를 건넨다
방금 벽을 후려치는 주먹에게 언 문을 열어준다

비정규직으로 고용된 시들
이따금 파업에도 동참하는 시들
연금도 없이 노후에 고생하는 시들

저 시들의 자택自宅은 어디일까
　　　　　　　　　　　—「시 고용雇傭하다」 전문

「시 고용雇傭하다」는 현 단계 이관묵이 생각하는 시의 역

할과 위상을 암묵적으로 제시해준다는 점에서 주목할 만하다. 해학과 풍자의 미학이 절묘하게 어우러진 이 시는 얼핏 보면, 이관묵의 시세계에서 다소 이질적인 작품으로 비춰질 수 있다. 진정한 삶의 덕목들을 적시하며 서정시의 역할을 묵묵히 수행해온 이전의 시편들과 달리, 이 작품은 오늘날 서정시가 처해 있는 누추한 현실을 '의뭉스럽게' 조명하고 있는 탓이다. 이를테면 "시들의 유일한 노동"이 "스크린 도어"를 "열었다 닫는 일"로 고정되어 있다든지, 또는 "제복" "비정규직" "파업" "연금" 등의 단어가 연상시키는 현실의 질서에 시가 편입되었거나 "고용"(종속)된 모습이 여기에 해당한다. 이와 더불어 "청마도 목월도 침침하게 서 있다"거나 "맨 뒤 용래 선생도 쪼그리고 앉아 훌쩍이고" 있는 "지하철 1호선 서울역 승강장"의 측은한 풍경도 예외가 아닐 것이다. 냉소와 조롱(혹은 자책과 연민)의 포즈가 동반된 이 장면들에는 시詩의 근본정신을 망각한 채, 일상 문법의 차원에서 그것을 〈도구적〉으로 활용하는 물질만능주의의 세태에 대한 안타까움이 감지된다. 아울러 "시가/ 시끌벅적한 삶의 문지기"로 전락한, 다시 말해서 예술마저도 '교환가치'로 운용되는 오늘날의 〈기계적〉 현실에 대한 고발정신이 내재한다. 해학적 감각으로 구성된 이 시가 일순간, 우울함과 씁쓸함의 정서로 점철되는 이유도 바로 여기에 있다.

사정이 이러할 때, "저 시들의 자택自宅은 어디일까"라는 시인의 물음은 당연한 수순으로 판단된다. 그리고 이 질문은 심층적 차원에서 시인 자신에게 재차 되돌려질 수 있을 법하다. 그렇다면 과연, 이관묵 시인이 생각하는 "시들의 자택"은 어디인가. 나아가 이관묵에게 오늘날 서정시의 위의는 어떠해야 하는가.

시는

삶에 꽂아놓은 무통 주사

　　　　　　　　　　─「몸으로의 출가」 부분

"시는/ 삶에 꽂아놓은 무통 주사"라는 저 간결하면서도 인상적인 시구를 굳이 "입원해서 큰 수술받았"던 시인의 개인사적 체험으로 국한시켜 이해할 필요는 없을 것이다. 이관묵에게 시는 "사는 게 아니라 그냥 견디는 나날"(「몸으로의 출가」)은 물론, "사람 덮고 사람 끄고"(「절판된 사람들」) 하는 순간, 또 생의 시원을 향한 '마음'이 생동하는 시간이라면 일상의 모든 영역에서 예방과 치유의 형식으로 존재하기 때문이다. 그에게 시란, 부질없는 욕망의 환각만이 팽배해진 오늘날의 현실에서 결핍된 삶을 보상하고 위무하는 치유의 방편이자, 인간의 정체성과 세계의 고유성을 보존하는 진정한 "삶의 문지기"로 수용되는 것이다. 이 사실은 새 시집 『동백에 투숙하다』가 삶의 면역력이 갈수록 약해지는 일상의 구석구석에서 '비판적 입법 기능'을 지속적으로 강화하며 서정시의 본령을 환기한다는 점에서도 확인된다.

특히 이런 그의 시는 우리의 사유를 끊임없이 자극하여 말의 부도로서 서정시의 역할을 충실하게 수행해오고 있다.

　지금 이관묵 시인에게 시는, 이렇게 "고용"된다. 또 그렇게 '사유의 탑돌이'를 유도하며 그의 시는 '거주'한다. "칠십년대" "충정로 옛 현대시학사 사무실에 세 들어 사는 시 찾아"(「밤의 비망록」)간 이후, 이제껏 시인이 지독한 "시묘살이"(「새벽달」)를 자청하고 있는 것도 어쩌면 모두가 여기서 연원하는 것이리라.